PAS DE PITIE POUR LE PRIVE

Scénario Luigi Mignacco
Dessin Massimo Rotundo

l'Echo des Savanes/Albin Michel

Traduction : Michael Gluckstein
Lettrage : Martine Segard

Edition française :

22, rue Huyghens. 75014 Paris
ISBN 2-226-02287-2

Cet album a été achevé d'imprimer en juillet 1985 sur les presses de Pollina à Luçon pour les Éditions Albin Michel.
N° d'édition : 8944 - Dépôt légal : septembre 1985 - N° d'impression : 7277.

ALORS PRESCOTT, VOTRE DÉCISION ?
D'ACCORD MISTER CESARE. CONFIEZ-MOI DONC CES DOCUMENTS.
J'ESPÈRE QUE VOUS EN FEREZ BON USAGE. MAINTENANT, JE CROIS QUE VOUS DEVRIEZ SORTIR PAR OÙ VOUS ÊTES ENTRÉ...
1

"IL N'EST PAS OPPORTUN QUE L'INCORRUPTIBLE JUGE DE GOOD HARVEST SE MONTRE DANS UNE BOÎTE COMME LA MIENNE."
JE NE COMPRENDS PAS BIEN POURQUOI "STORTY" CESARE M'A PROPOSÉ CETTE AFFAIRE...
AVEC LES DOCUMENTS QU'IL M'A DONNÉS JE VAIS POUVOIR FRAPPER UN GRAND COUP CONTRE LE CRIME... MAIS "SHORTY" EST UN GANGSTER, LUI AUSSI.
GRAND
JE DOIS VEILLER À NE PAS ME FAIRE MANIPULER... MAIS... QUEL EST CE BRUIT ?
BANG!
NOON !!

DÈS MON ARRIVÉE EN VILLE, J'AI ACHETÉ UN QUOTIDIEN. LA NOUVELLE DE LA MORT DU JUGE PRESCOTT FAISAIT LA UNE.
GOOD HAR
856
J&P. COATS
BEST
SIX-CORD
EVERYWHERE
JUDGE PRESCOTT MURDERED
D'APRÈS LE JOURNAL, LE CRIME AVAIT EU LIEU À PROXIMITÉ DU "PALERMO", UN "SPEAKEASY" NOTOIRE, LE RÉDACTEUR DE L'ARTICLE S'INTERROGEAIT MALICIEUSEMENT SUR LE FAIT QUE LA POLICE N'ENQUÊTAIT PAS DANS CETTE DIRECTION.
The Herald
JUDGE PRESCOTT MURDERED
FIRE BIRD
OUTRE LA NOUVELLE DU JOUR, ON PARLAIT DE QUELQUES ÉPISODES DU PETIT BANDITISME ET D'UNE GRÈVE QUI DEPUIS DES SEMAINES PARALYSAIT LES ACIÉRIES LOCALES.
DUESENBERG STRAIGHT 8
The
JUDGE PRESCOTT MURDERED
UNE PETITE VILLE SYMPA, CETTE GOOD HARWEST. UN BEAU COIN POUR VIVRE VRAIMENT.
Herald
FRIDAY - OCTOBER 14

ENCORE UN POLICIER ? MAIS... LE CAPITAINE MULLIGAN EST DÉJÀ PASSÉ CE MATIN.
MOI, JE SUIS UN DÉTECTIVE PRIVÉ ! C'EST L'AGENCE PINKERTON, DE SAN FRANCISCO QUI M'ENVOIE.
JE ME PRÉSENTAI À LA FEMME DU JUGE ASSASSINÉ, UNE PETITE FEMME NERVEUSE.
VOTRE MARI AVAIT DEMANDÉ UN GARDE DU CORPS. IL CRAIGNAIT POUR SA VIE, BIEN SÛR.
JE... JE N'EN SAVAIS RIEN.
TROP NERVEUSE, SANS DOUTE...
HIER SOIR, IL EST SORTI APRÈS DÎNER. IL SEMBLAIT TENDU. IL M'A DIT QU'IL AVAIT UN RENDEZ-VOUS.
UN RENDEZ-VOUS... AVEC LE GANGSTER TONY CESARE, SANS DOUTE.
JE NE VOUS PERMETS PAS DE PAREILLES INSINUATIONS !
CE N'EST PAS UNE INSINUATION. ON L'A TROUVÉ MORT PRÈS DE SA BOÎTE...

GOOD HARVEST EST UNE VILLE POURRIE. MON MARI AVAIT DÉCLARÉ LA GUERRE AU CRIME ET À LA CORRUPTION
ILS ONT ESSAYÉ DE L'ACHETER, MAIS SOLOMON ÉTAIT TROP HONNÊTE, TROP ORGUEILLEUX.
ET ALORS ILS ONT DÉCIDÉ DE L'ASSASSINER !
OUI... C'EST ÇA !
CE DEVRAIT ÊTRE UNE AFFAIRE FACILE POUR LA POLICE.
LA POLICE NE FERA RIEN. LE CAPITAINE MULLIGAN EST CORROMPU. IL NE SE METTRA JAMAIS EN TRAVERS DE GENS COMME CE... CESARE !
SEUL UN HOMME COURAGEUX ET HONNÊTE POURRAIT ME RENDRE JUSTICE, MAIS DES TYPES COMME ÇA NE VIVENT PAS LONGTEMPS DANS CETTE VILLE !
VOTRE MARI AVAIT VERSÉ UNE AVANCE SUBSTANTIELLE À NOTRE AGENCE. JE CROIS QUE JE LUI DOIS QUELQUE CHOSE

STUK!
GLOK!
BONSOIR TOUT LE MONDE !
DERNIÈRES NOUVELLES ! QUI VEUT UN EXEMPLAIRE DU "HERALD", DERNIÈRE ÉDITION, ÇA SENT ENCORE L'ENCRE.
The Herald
JUDGE K
ACCUSED
ÇA T'INTÉRESSE PAS L'ACTUALITÉ, LEFTY ?
LAISSE TOMBER, BOUFFON !
FAIR BALL
HÉ, GAMIN !
FALCON
DONNE-MOI UN EXEMPLAIRE DE TON JOURNAL.
HORSES

JE SUIS JOURNALISTE, PAS VENDEUR À LA CRIÉE. QUANT AU JOURNAL, À CETTE HEURE, IL NE PEUT PLUS SERVIR QU'À ENVELOPPER LES POISSONS.
POURQUOI ?
MULLIGAN ET SES HOMMES SE SONT MIS EN BRANLE. EN CE MOMENT ILS FONT LE SIÈGE DE LA BOÎTE DE NUIT DE SHORTY CESARE, DANS TIGER STREET
BOX PLACE
ON DIRAIT QUE LA POLICE S'EST DÉCIDÉE À FAIRE RESPECTER LA LOI.
QUESTION DE POINT DE VUE...
LE CAPITAINE MULLIGAN A DES OPINIONS TRÈS... PERSONNELLES EN MATIÈRE DE JUSTICE !
LE GARS SEMBLAIT EN SAVOIR LONG.
EXPLIQUE-TOI.

SHORTY, ICI LE CAPITAINE MULLIGAN. JE SAIS QUE TU ES À L'INTÉRIEUR AVEC TES HOMMES !
RENDS-TOI ! NOUS SOMMES ARMÉS ET NOMBREUX. TU NE T'EN TIRERAS PAS À BON COMPTE
PALERMO
CE PORC DE MULLIGAN DIT VRAI, CHEF !
NOUS L'AVONS DANS L'CUL SHORTY... SUR L'ARRIÈRE AUSSI C'EST PLEIN DE PIEDS PLATS
DAMNATION ! PRIS AU PIÈGE COMME DES RATS !
QUE FAISONS-NOUS, CHEF ?
ON POURRAIT PARLEMENTER.
PAS CE COUP-CI, DANDY DAN. NOUS EN SOMMES À LA REDDITION DES COMPTES.
IL VA Y'AVOIR DE L'AMUSEMENT, LES GARS. NOUS ALLONS VENDRE CHER NOTRE PEAU !

VA PRÉVENIR CEUX DE DERRIÈRE DE SE TENIR PRÊTS. NOUS ATTAQUERONS QUAND IL FERA JOUR.
JE TE DONNE UNE HEURE POUR SORTIR SUR TES DEUX JAMBES. APRÈS NOUS VIENDRONS VOUS CHERCHER
CEUX-LÀ SAVENT CE QU'ILS ONT À FAIRE. PAS UN SEUL DE CES RATS N'EN RÉCHAPPERA.
Palermo
Dancing
CLAC
CLAC
Palerm
BOX
MAINTENANT !

BANG! CRAK
CRAK BANG!
RTATAH!!!
CRAK!
BANG!
PALRMO
VOUS AUX ÉTAGES SUPÉ-RIEURS ! LES AUTRES, FOUILLEZ LE REZ-DE-CHAUSSÉE. NOUS ALLONS DÉNICHER CES LÂCHES !

PERSONNE ?
NOUS AVONS REGARDÉ PARTOUT, CHEF. SHORTY ET SES HOMMES SEMBLENT S'ÊTRE VOLATILISÉS.
ESPÈCE D'INCAPABLES ! JE VEUX QUE VOUS RETOURNIEZ CE BORDEL DE FOND EN COMBLE ! ILS DOIVENT BIEN ÊTRE QUELQUE PART !
EH, TOM ! CETTE PORTE EST FERMÉE À CLEF !
1
PRIVATE
IL POURRAIT BIEN Y AVOIR QUELQU'UN À L'INTÉRIEUR.
OUAIS, ET IL POURRAIT BIEN TE TIRER DESSUS À TRAVERS LA PORTE. ÉCARTE-TOI, IMBÉCILE.
IL N'Y A QU'UNE FAÇON DE L'OUVRIR...
SPRANG
QUE LA PESTE M'EMPORTE
DAMNATION !

QUI C'EST CELUI-LÀ ?
BIENVENUE LES GARS. ÇA FAIT UNE PAIE QUE JE VOUS ATTENDS !
LÈVE-TOI UN PEU ! TU NE TE RAPPELLES PAS LES ORDRES DE MULLIGAN ?
BANG !
AHF
RESTE TRANQUILLE, MON GARS... J'EN AI PAS APRÈS VOUS.

JE VEUX SEULEMENT ÉCHANGER QUELQUES MOTS AVEC VOTRE CHEF !
BANG!
CRASH
QUI... QUI ÊTES-VOUS ?
featured by the
ORIGINAL
BY
MON NOM EST DEXTER RAYMOND JE SUIS AGENT FÉDÉRAL.
MIGNACCO
Rotundo 83

LA CARTE QUE JE MONTRAI À MULLIGAN ÉTAIT FAUSSE, MAIS LUI, IL N'AVAIT PAS LA CONSCIENCE TRANQUILLE
POUR QUEL MOTIF VOUS TROUVEZ-VOUS À GOOD HARVEST ?
INSPECTION DISCIPLINAIRE. ON DIT QUE LA POLICE DE LA VILLE EST CORROMPUE JUSQU'À LA MOËLLE.
À COMMENCER PAR SES CHEFS...
C'EST UN IGNOBLE MENSONGE !
ON DIT QUE NOUS PROTÉGEONS LES GANGSTERS ...MAIS AUJOURD'HUI NOUS ÉTIONS SUR LE POINT D'ARRÊTER "SHORTY CESARE" L'ASSASSIN DU JUGE PRESCOTT.
SHORTY N'A PAS TUÉ LE JUGE... ET VOUS, VOUS NE VOULEZ PAS L'ARRÊTER.
SI CESARE AVAIT VOULU SE DÉBARRASSER DE PRESCOTT, IL NE L'AURAIT PAS FAIT À QUELQUES PAS DU "PALERMO" ! CE CADAVRE SEMBLE AVOIR ÉTÉ MIS LÀ EXPRÈS POUR LE COMPROMETTRE.
DANCE
SUPREME TRIUMPH
SHORTY EST AMBITIEUX ET SANS SCRUPULE. ON DIT QU'IL AIMERAIT COUPER L'HERBE SOUS LES PIEDS DU HOLLANDAIS, LE PATRON DE LA BOÎTE. C'EST PEUT-ÊTRE POUR CETTE RAISON QU'IL RENCONTRAIT LE JUGE.

ET COMME PAR HASARD LE HOLLANDAIS T'A "CONSEILLÉ" D'ARRÊTER SHORTY, CE DERNIER AURAIT RÉSISTÉ ET AURAIT ÉTÉ "ACCIDENTELLEMENT" TUÉ LORS D'UN ÉCHANGE DE COUPS DE FEU AVEC LA POLICE.
VOUS... VOUS NE POUVEZ PAS LE PROUVER.
FOLIES
EN EFFET. CE NE SONT QUE DES "ON DIT" QUE J'AI RECUEILLIS À LA RONDE, MAIS C'EST BIEN LÀ LA VÉRITÉ ET TU LE SAIS.
DÉSORMAIS TU M'AURAS SUR LE DOS MULLIGAN, TÔT OU TARD TU COMMETTRAS UNE ERREUR ET ALORS ON DÉCOUVRIRA TOUTE CETTE POURRITURE.
ET MAINTENANT, LÈVE-TOI.
AVANT... HUM... J'AIMERAIS VOUS DEMANDER UNE CHOSE...
MES HOMMES ET MOI NOUS AVONS SURVEILLÉ CETTE MAISON TOUTE LA NUIT. NOUS AVONS IDENTIFIÉ CEUX QUI SONT ENTRÉS, MAIS PERSONNE N'EST SORTI.
CE MATIN NOUS AVONS DONNÉ L'ASSAUT, ET IL N'Y AVAIT QUE VOUS. COMMENT... COMMENT AVEZ-VOUS FAIT?
TU ES PLUS STUPIDE QUE JE CROYAIS, MULLIGAN.
IL M'A SUFFIT DE LÂCHER QUELQUES BILLETS VERTS AUX HOMMES DE GARDE SUR L'ARRIÈRE POUR ACHETER UN BILLET D'ENTRÉE POUR MOI ET UN BILLET DE SORTIE POUR SHORTY ET SES GARS.
LA VÉNALITÉ N'EST PAS UN PRIVILÈGE DES CHEFS DE LA POLICE DE GOOD HARVEST!

JACK MULLIGAN, TE VOILÀ DANS LA MERDE JUSQU'AU COU! LA PREMIÈRE CHOSE QUE TU DOIS FAIRE, C'EST AVERTIR LE HOLLANDAIS...
ALLEZ, COURAGE! RESPIRE UN BON COUP ET PARLE-IL NE PEUT PAS TE MANGER... DU MOINS PAR TÉLÉPHONE...
GOOD HARVEST - CALIFORNIA
ALLÔ! LE HOLLANDAIS? C'EST MOI, MULLIGAN. LE PLAN POUR ÉLIMINER SHORTY A FOIRÉ!
QUOI?
MULLIGAN TU ES UN FOUTU CRÉTIN!
QUE DIS-TU? TU AS UN AGENT DU F.B.I. SUR LE DOS?

CALVIN COOLIDGE
JE FERAI CE QUE JE PEUX, MAIS... EN CE MOMENT JE N'AI PAS BEAUCOUP DE MARGE DE MANOEUVRE.
REWARD
RESTE AUX ORDRES, FLIC! D'ICI PEU NOUS SERONS EN GUERRE, ET JE N'AURAI DE PITIÉ NI POUR LES LÂCHES NI POUR LES TRAÎTRES!
CLA
MAUDIT INCAPABLE! À MOINS QU'IL AIT LAISSÉ SHORTY S'ENFUIR POUR ME METTRE MOI DANS LA MOUISE.
AVANT TOUT JE DOIS PRÉVENIR LE GRAND CHEF DES DERNIERS ÉVÉNEMENTS. J'EMPLOIERAI LA PROCÉDURE SECRÈTE.
SI MES HOMMES SAVAIENT QUE MALGRÉ MA GRANDEUR ET MA FORCE J'AI PEUR DE...
AU DIABLE! JE SAIS TRÈS BIEN QUE LE POUVOIR N'EST PAS UNE QUESTION DE MUSCLES. ALLEZ, JE RESPIRE UN BON COUP, ET JE TÉLÉPHONE.

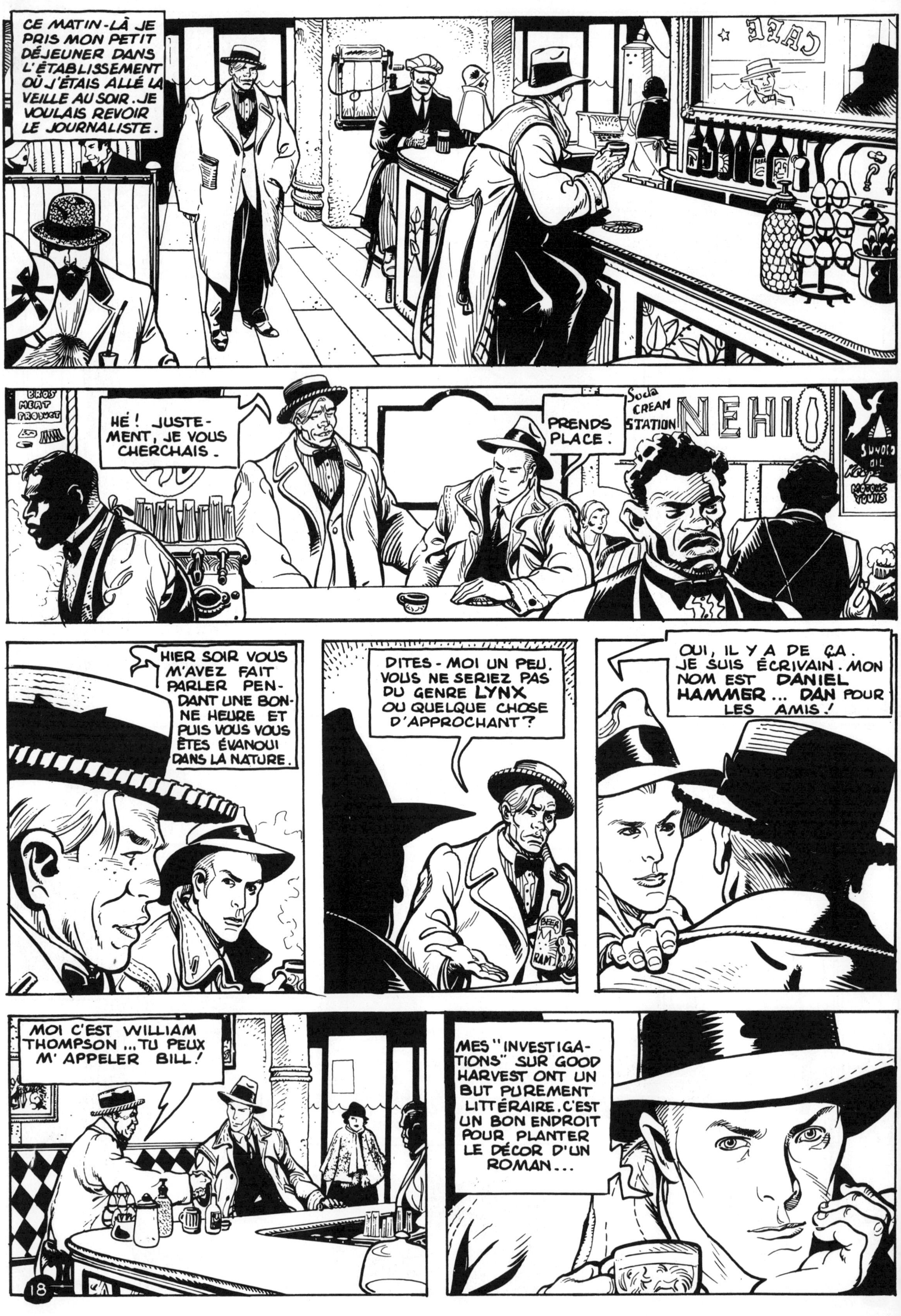

CE MATIN-LÀ JE PRIS MON PETIT DÉJEUNER DANS L'ÉTABLISSEMENT OÙ J'ÉTAIS ALLÉ LA VEILLE AU SOIR. JE VOULAIS REVOIR LE JOURNALISTE.
CAFE
BROS MEAT PRODUCT
HÉ ! JUSTEMENT, JE VOUS CHERCHAIS.
PRENDS PLACE.
Soda CREAM STATION
NEHI
HIER SOIR VOUS M'AVEZ FAIT PARLER PENDANT UNE BONNE HEURE ET PUIS VOUS VOUS ÊTES ÉVANOUI DANS LA NATURE.
DITES-MOI UN PEU. VOUS NE SERIEZ PAS DU GENRE LYNX OU QUELQUE CHOSE D'APPROCHANT ?
BEER
OUI, IL Y A DE ÇA. JE SUIS ÉCRIVAIN. MON NOM EST DANIEL HAMMER ... DAN POUR LES AMIS !
MOI C'EST WILLIAM THOMPSON ... TU PEUX M'APPELER BILL !
MES "INVESTIGATIONS" SUR GOOD HARVEST ONT UN BUT PUREMENT LITTÉRAIRE. C'EST UN BON ENDROIT POUR PLANTER LE DÉCOR D'UN ROMAN...

OUAIS, MAIS PAS POUR Y VIVRE. ET POURTANT LES CHOSES NE SONT PAS TOUJOURS AUSSI MAUVAISES QU'ELLES PARAISSENT.
DES POLICIERS CORROMPUS, DES OUVRIERS EN GRÈVE, DES GANGSTERS EN GUERRE... CEUX-LÀ NE SONT PAS LES VÉRITABLES MAÎTRES DE LA VILLE. REGARDEZ CET HOMME.
IL S'APPELLE COLOMBANI. IL EST ARRIVÉ ICI QUAND GOOD HARVEST N'ÉTAIT QU'UN TAS DE BARRAQUES AUTOUR DE LA MINE.
MAINTENANT IL EST PROPRIÉTAIRE DES ACIÉRIES, DE MON JOURNAL ET DE DIEU SAIT QUOI ENCORE.
UN HOMME COMME ÇA NE SE LAISSE PAS ÉVINCER DE SA VILLE PAR UNE POIGNÉE DE GANGSTERS ET DE BOLCHEVIQUES. QUAND IL NOUS APPELLERA MOI ET DES DIZAINES D'AUTRES CITOYENS HONNÊTES, NOUS SERONS À SES CÔTÉS.
QU'EN DIS-TU? CE COLOMBANI N'EST-IL PAS UN BEAU PERSONNAGE POUR TON ROMAN?
CERTES, TRÈS INTÉRESSANT...

J'AVAIS FAIT LA CONNAISSANCE D'OREILLE CASSÉE AU TRIPOT DE SHORTY. IL AVAIT UNE GUEULE DE CELLES QU'ON OUBLIE PAS FACILEMENT.
JE L'AI SUIVI JUSQU'À UNE MAISON DES BEAUX QUARTIERS.
15
VU LE TYPE D'HABITATION, JE PRÉFÉRAI ENTRER PAR LA PORTE PRINCIPALE.
DIN DON
BONSOIR MONSIEUR. ENTREZ JE VOUS PRIE.
BONSOIR!
J'ESPÈRE QUE L'ÉTABLISSEMENT SERA À VOTRE GOÛT, BEAU JEUNE HOMME.
JE CHERCHE SEULEMENT UN AMI "MADAM"... IL S'APPELLE OREILLE CASSÉE.
UN AMI, HEIN? JE SAVAIS BIEN QUE CE FILS DE PUTE M'ATTIRERAIT DES ENNUIS.
SUIS MOI, BEAU GOSSE. ET N'ESSAIE PAS DE FAIRE JOUJOU-TU ES SOUS LE TIR DE TOBY.

IL Y A DE LA VISITE POUR TOI OREILLE CASSÉE. "PERSONNE" NE SAVAIT QUE VOUS ÉTIEZ ICI, BIEN SÛR?
QUOI?
HÉ! MAIS C'EST TOI LE TYPE QUI NOUS A SORTIS DE LA MERDE L'AUTRE NUIT.
OUI! COMMENT VA, SHORTY?
UN INSTANT, L'AMI.
JE NE SAIS PAS COMMENT TU AS FAIT POUR NOUS TROUVER, ET JE NE SAIS MÊME PAS TON NOM, MAIS...
À NEW YORK ON M'APPELLE MALONE, OEIL DE GLACE.
ET C'EST TOI QUI M'AS CONDUIT JUSQU'ICI.
ET MAINTENANT DÉBARRASSE-MOI DE CES DEUX-LÀ. JE VOUDRAIS PARLER AU CHEF.
HUM! BIEN SÛR, L'AMI... JE VAIS VOIR S'IL PEUT TE RECEVOIR.

MALONE, OEIL DE GLACE ! T'ES UN MALIN, TOI ! CETTE PLANQUE EST À TOUTE ÉPREUVE !
J'ESPÈRE QUE JE NE TE DÉRANGE PAS ...
HÉ, HÉ ! CETTE CHATTE, C'EST LILY ! NE T'Y FIES PAS TROP : QUAND ELLE NE RONRONNE PAS, ELLE SORT VITE SES GRIFFES !
CE BORDEL EST LE MIEUX FRÉQUENTÉ DE LA VILLE. MÊME LE HOLLANDAIS Y VIENT !
TU BOIS QUELQUE CHOSE ?
TU VEUX QUE JE T'EN RACONTE UNE BONNE ? LA FILLE C'EST LA FAVORITE DU HOLLANDAIS. ALORS, NATURELLEMENT, ELLE ME RAPPORTE TOUT CE QUE LUI DIT CE COCU !
TU PEUX DONC PARLER EN PRÉSENCE DE LILY, OEIL DE GLACE. ELLE EST DES NÔTRES !
TU N'AS JAMAIS ENTENDU PARLER DE L'ORGANISATION ?

HEU... C'EST UNE ESPÈCE DE FÉDÉRATION DES GANGS AU NIVEAU NATIONAL IL ME SEMBLE...
EXACT. IL Y A EU DES RENCONTRES ENTRE LES CHEFS DES BANDES LOCALES. LE GÂTEAU DE LA PROHIBITION EST ASSEZ GRAND POUR TOUT LE MONDE.
LE HOLLANDAIS NE S'EN CONTENTE PAS. IL DIT QU'IL NE VEUT PAS D'INGÉRENCES EXTÉRIEURES SUR SON TERRITOIRE. C'EST LÀ QUE TU ENTRES EN JEU...
SI TU VEUX METTRE LA MAIN SUR LES AFFAIRES DU HOLLANDAIS, L'ORGANISATION TE FOURNIT SON APPUI.
CONCRÈTEMENT, ÇA VEUT DIRE ?
POUR COMMENCER, MULLIGAN EST HORS JEU !
IL Y A UNE ENQUÊTE FÉDÉRALE AU-DESSUS DE SA TÊTE ! IL VA RESTER TRANQUILLE QUELQUES TEMPS !
LE SOURIRE DE SHORTY ÉTAIT TOUT UN PROGRAMME, LA GUERRE DES GANGS ALLAIT COMMENCER À GOOD HARVEST.
ET NATURELLEMENT, LE HOLLANDAIS NE SE MÉFIERA PAS DES PIEDS PLATS. CELA ME DONNE UNE FAMEUSE IDÉE.

CLAC!
CLAC
CLAC!
VOUS ÊTES PRÊTS, LES GARS !?
EN ROUTE !

POLICE ! LES MAINS EN L'AIR !
VOUS, DES HOMMES DE MULLIGAN ? C'EST LA MEILLEURE !
TOUS CONTRE LE MUR, DÉPÊCHEZ-VOUS !

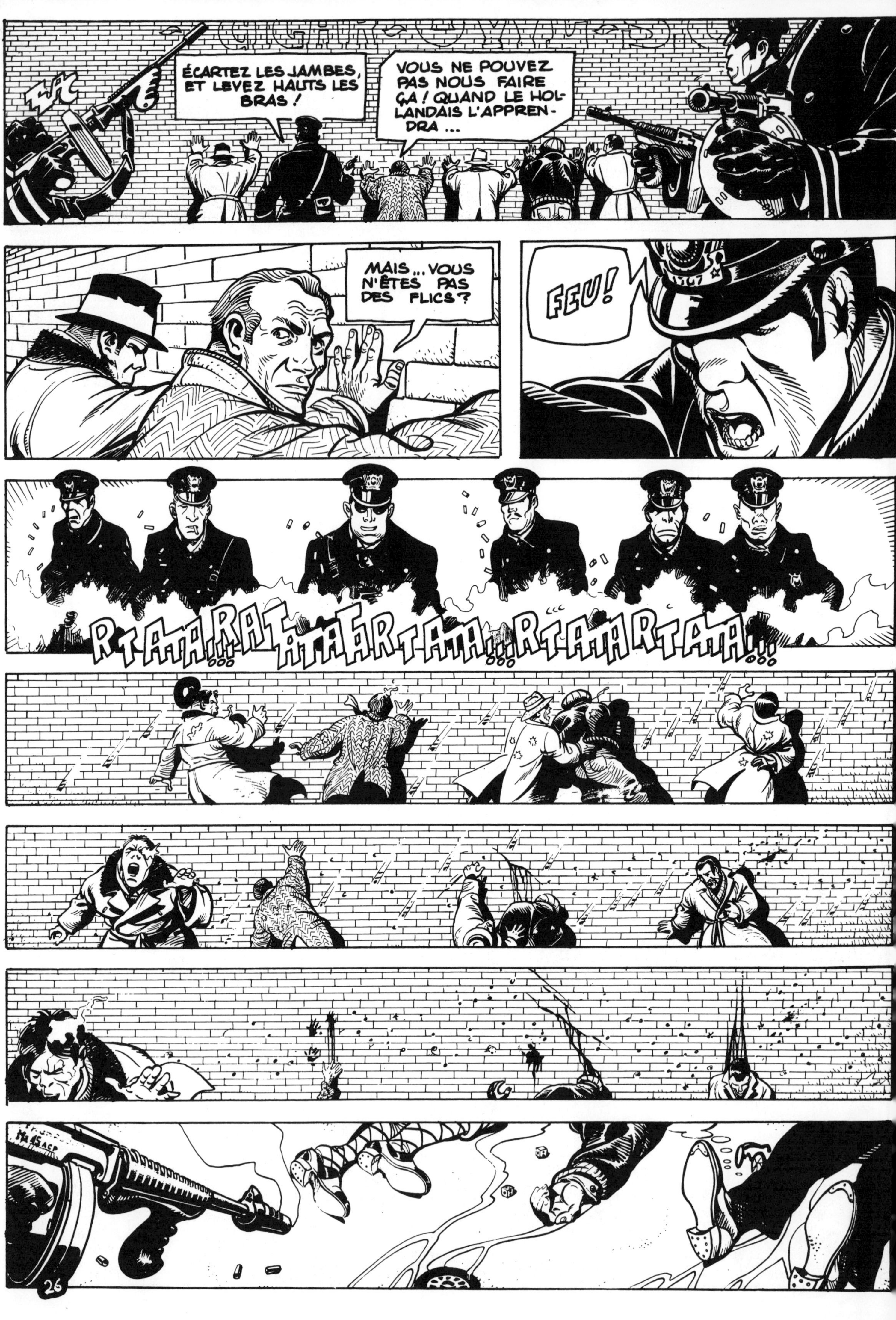
ÉCARTEZ LES JAMBES, ET LEVEZ HAUTS LES BRAS !
VOUS NE POUVEZ PAS NOUS FAIRE ÇA ! QUAND LE HOLLANDAIS L'APPRENDRA ...
MAIS... VOUS N'ÊTES PAS DES FLICS ?
FEU !
RTATAA!.. RATATAARTATA!.. RTATAARTATA!..

MASSA-CRE DANS BAKER STREET ! LES TUEURS DÉGUISÉS EN POLICIERS !
The Herald
THE BAKER STREET SLAUGHTER
MAINTENANT LE HOLLANDAIS SAURA À QUI IL A AFFAIRE !
ÇA NE ME PLAÎT PAS, TONY...
UNE GUERRE ENTRE GANGS EST CONTRE LES INTÉRÊTS DE TOUS. ET PUIS JE N'AI PAS CONFIANCE DANS CE... MALONE !
MALÉDICTION ! JE VEUX VOIR CLAIR DANS CETTE HISTOIRE !
HOLLANDAIS ! JE T'ASSURE QUE CE N'ÉTAIT PAS MES HOMMES. COMMENT PEUX-TU PENSER QUE...
BAH ! QUOI QU'IL EN SOIT JE N'AI AUCUN DOUTE SUR CELUI QUI A ORGANISÉ ÇA !
SI SHORTY VEUT LA GUERRE, IL L'AURA, BON DIEU !

C'EST IN-CROYABLE !
DEPUIS LE MASSACRE DE BAKER STREET, IL Y A UNE SEMAINE, IL NE S'EST **RIEN** PASSÉ !
RESTE CALME, BILL...
TÔT OU TARD LES EAUX SE METTRONT EN MOUVEMENT... ET ALORS TU AURAS QUELQUE CHOSE À ÉCRIRE DANS TON JOURNAL.
MALÉDICTION ! JE N'EN PEUX PLUS.
LE HOLLANDAIS NE PEUT PAS EXIGER QUE NOUS RESTIONS TOUT CE TEMPS À NOUS TOURNER LES POUCES !
TÉLÉPHONE ! **DUGAN,** C'EST POUR TOI !
QUI EST-CE ? HUM... COMMENT ?
HUM INTÉRESSANT L'AMI, **TRÈS** INTÉRESSANT !

DIN DON
BON-SOIR MESS...
POUSSE-TOI DE LÀ, BAMBOULA !
MAIS QUE...?
À L'ÉTAGE, CHAMBRE 18 !
IIIHH!!
CRASH
QUE SE PASSE-T-IL? QUI ÊTES-VOUS?
MAUDITE CHIENNE !
BANG!
SHORTY NE DOIT PAS ÊTRE LOIN, LES GARS. DÉBUSQUEZ-LE BON SANG !

LILY...
C'EST TOI, MALONE...
Rotundo
SHORTY... N'ÉTAIT PAS LÀ !
JE SAIS. MAIS DUGAN A QUAND MÊME EU LE PLUS GROS. TU ÉTAIS BIEN PLUS QU'UNE SIMPLE FILLE DES RUES...
TU ÉTAIS LA FAVORITE DE SHORTY ET DU HOLLANDAIS. TOUS DEUX ÉTAIENT PENDUS À TES LÈVRES... MÊME S'ILS CROYAIENT LE CONTRAIRE.
TU AS RÉUSSI À LES CONVAINCRE QUE SE FAIRE LA GUERRE DANS LES RUES LEUR NUIRAIT À TOUS LES DEUX !
TU SAIS, PENDANT UN MOMENT J'AI CRU QUE LE GRAND CHEF C'ÉTAIT **TOI** !
J'AURAIS BIEN PU LE DEVENIR SI JE NE T'AVAIS PAS RENCONTRÉ SUR MA ROUTE... QUEL QUE SOIT TON NOM !

SHORTY M'A ÉCHAPPÉ, CHEF, MAIS LA PISTE QU'ON M'A FOURNIE ÉTAIT BONNE! J'AI EMBALLÉ LA MOITIÉ DE SA BANDE!
CETTE PUTE DE LILY! C'EST ELLE QUI NOUS TRAHISSAIT... MAIS JE LUI AI DONNÉ SON COMPTE, HOLLANDAIS... POUM! FRAPPÉE EN PLEINE POITRINE.
JE CROIS QUE JE MÉRITE QUELQUE CHOSE MÊME SI J'AI AGI DE MON PROPRE CHEF. C'EST UN BEAU COUP.
BIEN SÛR...
TU MÉRITES QUELQUE CHOSE... UN BEAU PLONGEON DANS LE FLEUVE AVEC DES GUÊTRES DE BÉTON!
MAIS...CHEF QU'EST-CE QUE J'AI FAIT DE MAL?
SUFFIT COMME ÇA! DÉBARRASSEZ-MOI DE CE DÉFICIENT... DÉFINITIVEMENT!
NON, CHEF, NON!!
TU T'ES TROMPÉ UNE FOIS DE TROP DUGAN... MÊME SI TON ERREUR COMPENSE LA MIENNE!

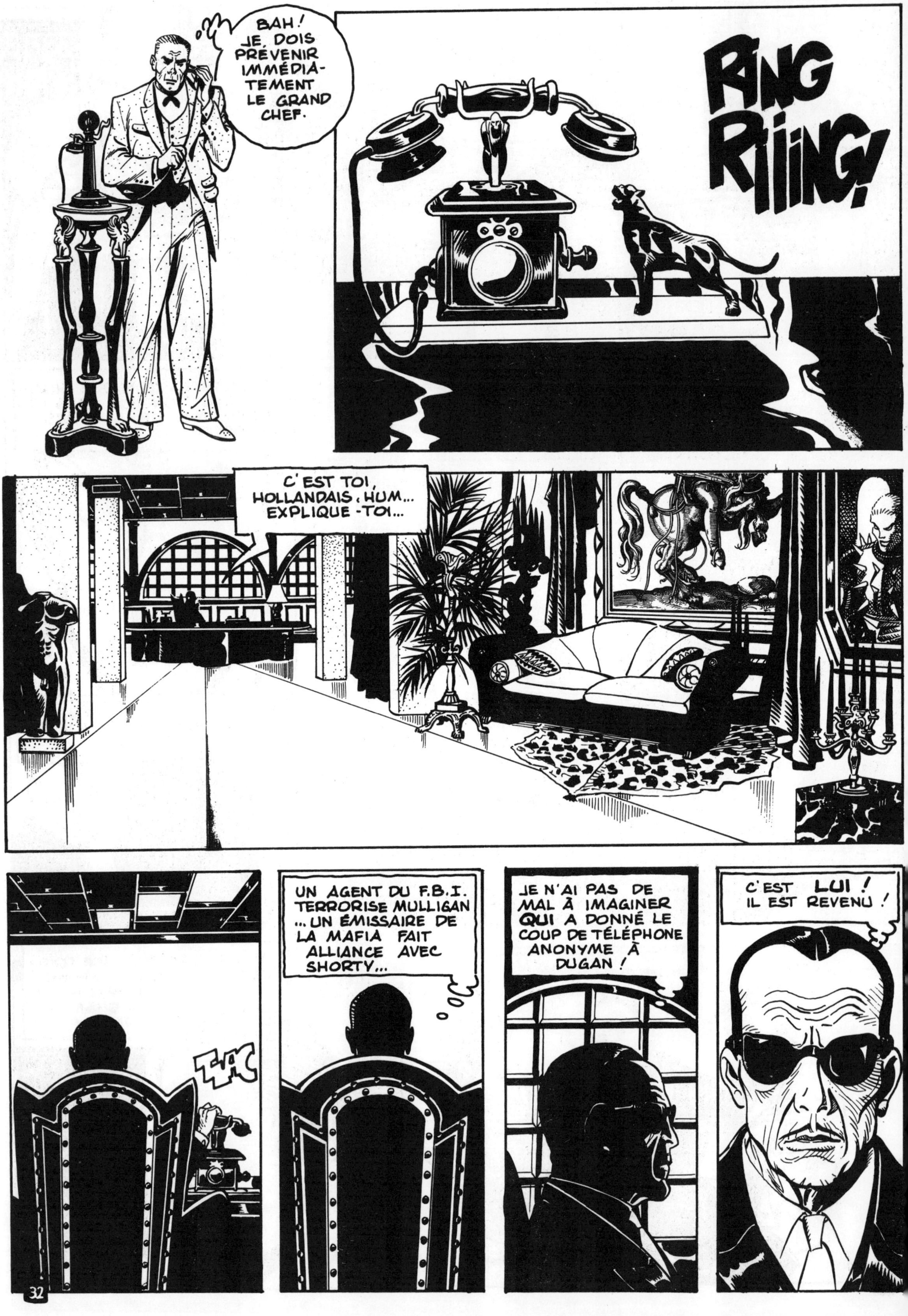
BAH! JE DOIS PRÉVENIR IMMÉDIATEMENT LE GRAND CHEF.
RING RIIING!
C'EST TOI, HOLLANDAIS, HUM... EXPLIQUE-TOI...
TLAC
UN AGENT DU F.B.I. TERRORISE MULLIGAN ...UN ÉMISSAIRE DE LA MAFIA FAIT ALLIANCE AVEC SHORTY...
JE N'AI PAS DE MAL À IMAGINER QUI A DONNÉ LE COUP DE TÉLÉPHONE ANONYME À DUGAN!
C'EST LUI! IL EST REVENU!

L'ÉTABLISSEMENT DE LA WESTERN STEELS SE TROUVAIT À LA PÉRIPHÉRIE DE LA VILLE. ON AURAIT DIT UN MONSTRUEUX DRAGON ENDORMI.
WESTERN~STEELS
ON STRIKE
CLOSED SHOP
ON STRIKE

MAIS SON COEUR DE FLAMME BATTAIT ENCORE...
CP

CETTE GRÈVE EST UNE BOUFFONNERIE !

MAIS... ADAM, CALME-TOI. JE NE COMPRENDS PAS TES CRITIQUES... TOUT FONCTIONNE TRÈS BIEN.

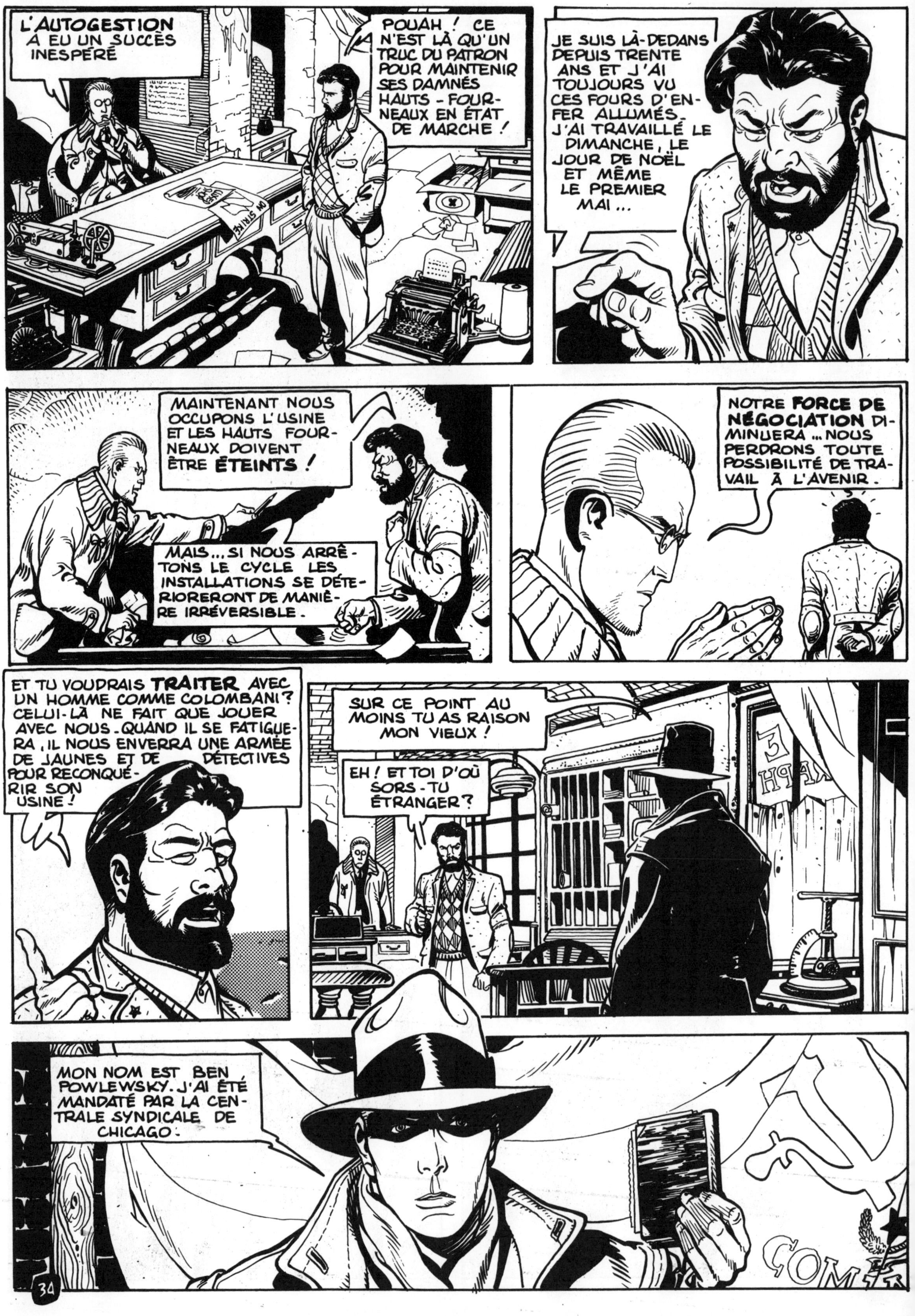
L'AUTOGESTION A EU UN SUCCÈS INESPÉRÉ
POUAH ! CE N'EST LÀ QU'UN TRUC DU PATRON POUR MAINTENIR SES DAMNÉS HAUTS-FOURNEAUX EN ÉTAT DE MARCHE !
JE SUIS LÀ-DEDANS DEPUIS TRENTE ANS ET J'AI TOUJOURS VU CES FOURS D'ENFER ALLUMÉS. J'AI TRAVAILLÉ LE DIMANCHE, LE JOUR DE NOËL ET MÊME LE PREMIER MAI...
MAINTENANT NOUS OCCUPONS L'USINE ET LES HAUTS FOURNEAUX DOIVENT ÊTRE ÉTEINTS !
MAIS... SI NOUS ARRÊTONS LE CYCLE LES INSTALLATIONS SE DÉTÉRIORERONT DE MANIÈRE IRRÉVERSIBLE.
NOTRE FORCE DE NÉGOCIATION DIMINUERA... NOUS PERDRONS TOUTE POSSIBILITÉ DE TRAVAIL À L'AVENIR.
ET TU VOUDRAIS TRAITER AVEC UN HOMME COMME COLOMBANI ? CELUI-LÀ NE FAIT QUE JOUER AVEC NOUS. QUAND IL SE FATIGUERA, IL NOUS ENVERRA UNE ARMÉE DE JAUNES ET DE DÉTECTIVES POUR RECONQUÉRIR SON USINE !
SUR CE POINT AU MOINS TU AS RAISON MON VIEUX !
EH ! ET TOI D'OÙ SORS-TU ÉTRANGER ?
MON NOM EST BEN POWLEWSKY. J'AI ÉTÉ MANDATÉ PAR LA CENTRALE SYNDICALE DE CHICAGO.

SALUT ! MOI JE M'APPELLE RUDY KAPLAN ET CE GRINCHEUX C'EST ADAM WALKER !
TON ORDRE DE MISSION EST EN RÈGLE... POURQUOI T'ONT-ILS ENVOYÉ, POWLEWSKY ? SANS DOUTE UNE INSPECTION, HEIN ?
DISONS QUE JE SUIS ICI POUR VOUS AIDER À Y VOIR PLUS CLAIR !
KAPLAN A RAISON DE VOULOIR INSISTER AVEC L'AUTOGESTION. NOUS N' EN SOMMES PLUS À L'ÉPOQUE DES SABOTAGES
MAIS VOUS FERIEZ BIEN DE NE PAS VOUS FIER À COLOMBANI. DEMAIN MATIN LA POLICE SERA ICI AVEC UN ORDRE DE DÉGAGER L'USINE !
CE N'EST PAS POSSIBLE ! LE SECRÉTAIRE DE COLOMBANI, SCOTT, M'AVAIT PROMIS QUE...
BAH ! LES PROMESSES DES VALETS VALENT MOINS QUE LES MENSONGES DES MAÎTRES !
NEW COMUNIST
NOUS AVONS DES FUSILS ET DES PISTOLETS... CES PORCS N'ARRIVERONT PAS À NOUS CHASSER D'ICI SI FACILEMENT !
HUM... J'AIMERAIS VOIR LES ARMES WALKER.
VIENS AVEC MOI, POWLEWSKY. TU VERRAS QUE LES CHOSES FONCTIONNENT À LA PERFECTION DANS NOTRE USINE !
CAMARADES, NE PERDONS PAS LA TÊTE ! DANS UNE SITUATION COMME CELLE-LÀ, IL ME SEMBLE ABSURDE DE RECOURIR À LA...
SLAM !
...VIOLENCE...

ADAM WALKER ÉTAIT UN DUR DE LA VIEILLE GARDE. IL AVAIT ORGANISÉ LA DÉFENSE DE MANIÈRE EXEMPLAIRE.
TU NE ME PLAIS PAS, POWLEWSKY, IL Y A QUELQUE CHOSE DANS TON REGARD QUI M'INSPIRE PEU CONFIANCE.
1881
1926
LEONE · COLOMBANI
WESTERN · STEELS
TU ME RAPPELLES UN TYPE QUE J'AI CONNU DANS MA JEUNESSE QUAND JE TRAVAILLAIS DANS LES MINES DE CHARBON À POTTSVILLE EN PENNSYLVANIE, IL S'APPELAIT JAMES MC KENNA.
CP
C'ÉTAIT UN GARS SOLIDE, IL SAVAIT BOIRE, IL AVAIT UN BON GAUCHE ET IL PLAISAIT AUX FEMMES. QUAND ILS ONT PROPOSÉ SON AFFILIATION AUX MOLLY MAGUIRES J'AI VOTÉ POUR LUI.
JE CONNAIS L'HISTOIRE.
ON STRIK
MC KENNA S'APPELAIT EN RÉALITÉ MC PARLAND, C'ÉTAIT UN DÉTECTIVE DE LA PINKERTON. IL S'ÉTAIT INFILTRÉ DANS L'ORGANISATION SYNDICALE ET CE FUT LA FIN POUR LES MAGUIRES.
TU PENSES PEUT-ÊTRE QUE JE SUIS UN AGENT PROVOCATEUR ?
TES PAPIERS SONT EN RÈGLES, MON GARS, MAIS TU AS LE MÊME REGARD QUE CE SBIRE, ET CELA ME FAIT PEUR !
ADAM !
ILS ARRIVENT ! LES HOMMES DE COLOMBANI SONT AU PORTAIL

TUG TUG TUG TUG TUG TUG TUG TUG TUG TUG
LIMITED STOP TRAWAY
TUG TUG TUG TUG TUG TUG TUG TUG TUG TUG
DEVONS-NOUS INTERVENIR CHEF?
PAS ENCORE . LES HOMMES DE MONSIEUR COLOMBANI SAURONT BIEN SE DÉBROUILLER TOUS SEULS.
POLICE
JAUNES... DES ÉTRANGLEURS MERCENAIRES DES PATRONS... DE MON TEMPS ON LES APPELAIT LES THUGS!
LÀ-BAS! REGARDEZ!

TIRONS-NOUS DE LÀ AVANT QU'ILS NOUS TOMBENT DESSUS !
SBRANG!
PRÊTS !

JE T'AI, FOUTU BOLCHEVIQUE !
NON !
SHUD
TOUT VA BIEN, KAPLAN ?
C'EST... TERRIBLE ! ON DIRAIT QU'ILS SONT TOUS DEVENUS FOUS...
EN AVANT, CAMARADES... FOUTONS CES BÂTARDS DEHORS !

BANG!
AAAHH!
ADAM!
TU VOIS... C'EST MOI QUI AVAIS RAISON... IL FAUT TIRER LES PREMIERS!
MAUDITS... MAUDITS ASSASSINS!

EN AVANT, CAMARADES... CHASSONS CES PORCS DE **NOTRE** USINE !
LES ÉVÉNEMENTS SE PRÉCIPITENT... NOUS ALLONS ÊTRE FORCÉS D'INTERVENIR !
POLICE
POLICE

7818
POLICE
AU GA-LOP!O!
CHAAARGEZ !!
EN ARRIÈRE ! DÉFENDONS LE PORTAIL !

OWL CIGARS
HOTEL
DUNLAP SQ
THOMASTON & WARREN
?!
11
APPORTEZ LES ARMES ! NOUS DEVONS PROTÉGER L'ENTRÉE !
DANGER

UN INSTANT ! REGARDEZ !
ARRÊTEZ ! C'EST LA VOITURE DU PATRON !
KAPLAN ! C'EST MOI, SCOTT. MONSIEUR COLOMBANI VOUDRAIT VOUS PARLER PERSONNELLEMENT !
QUELLES GARANTIES ME DONNEZ-VOUS ?
LA POLICE SE RETIRERA IMMÉDIATEMENT. TOUT CE QUI S'EST PASSÉ AUJOURD'HUI SERA OUBLIÉ.
VA, RUDY... POUR NOUS TOUS !
POLICE
RE D10381

LA VOITURE NOIRE NE RACCOMPAGNA LE SYNDICALISTE CHEZ LUI QUE TARD DANS LA SOIRÉE.
14 Co
KAPLAN !
C'EST TOI POWLEWSKY ...TU M'AS FAIT PEUR.
J'AI DISCUTÉ AVEC COLOMBANI, TOUT L'APRÈS-MIDI. NOS DEMANDES ONT ÉTÉ ACCEPTÉES. JE SUIS HEUREUX, MAIS JE NE PEUX OUBLIER QUE NOUS DEVONS CETTE VICTOIRE...
...À L'HOMME QUE TU AS TUÉ !
MAIS... QUE DIS-TU, TU ES DEVENU FOU ?
WALKER A ÉTÉ TOUCHÉ DANS LE DOS. MAIS À CE MOMENT-LÀ, IL N'Y AVAIT AUCUN JAUNE DERRIÈRE LUI.
EN OUTRE, QUAND JE T'AI AIDÉ À TE RELEVER, CE MATIN, J'AI SENTI QUE TU AVAIS UN PISTOLET SOUS L'AISSELLE. QU'EST-CE QU'UN PACIFISTE COMME TOI PEUT BIEN FAIRE D'UNE ARME ?
KKK
FELIX
THE RUCH LODGER LOCK
TU... TU VAS ME DÉNONCER AU SYNDICAT ?
NON. MAIS JE VEUX QUE TU ME DONNES QUELQUES RENSEIGNEMENTS.

JE SUIS CERTAIN QUE DANS LES ÉVÉNEMENTS D'AUJOURD'HUI IL A AUSSI SA MARQUE. MAIS JE NE VAIS PAS RESTER LÀ À ME TOURNER LES POUCES
JE VAIS RÉGLER LA QUESTION UNE FOIS POUR TOUTES !
RIIING
SALUT, CHEF... BIEN SÛR QUE JE CONNAIS CE TYPE. MES HOMMES LE TROUVERONT EN UN CLIN D'OEIL ET...
...BIEN SÛR... COMPTEZ SUR MOI. JE FAIS PASSER LE MOT.
OUI... OUI, IL S'APPELLE RAYMOND. IL M'A MONTRÉ UNE PLAQUE D'IDENTITÉ DU BUREAU ...COMMENT ?
CE QUE TU ME DIS EST INTÉRESSANT, HOLLANDAIS... TRÈS INTÉRESSANT.
ALORS, COMME ÇA "OEIL DE GLACE" MALONE SERAIT UN IMPOSTEUR... QUI T'A RACONTÉ ÇA ?
CE SONT DES BRUITS QUI COURENT, CHEF.
ON DIT QUE C'EST LUI QUI AURAIT RÉVÉLÉ NOTRE CACHETTE AUX HOMMES DU HOLLANDAIS, LE MOIS DERNIER, QUAND IL NOUS A LAISSÉ LES PLUMES DE LA POULETTE CHINOISE. VOUS VOUS RAPPELEZ ?
OREILLE CASSÉE ! DANDY DAN !

LES INFORMATIONS QUE M'AVAIENT DONNÉES KAPLAN ÉTAIENT TRÈS INTÉRESSANTES. MA MISSION À GOOD HARVEST ARRIVAIT DÉSORMAIS À SON TERME.
SÖK
SHOW
Ford
JE RENTRAI À MON HÔTEL.
Maltese Hotel
Creme TEA
Maltese
PHO
CIRCUS
SHOES
PALL MALL
ROOMS $ 5.00
LUNCH 10.00
ÇA FAIT UN BON MOMENT QUE JE T'ATTENDS, DÉTECTIVE. C'EST VRAI QUE LES HOMMES DE LA PINKERTON **NE DORMENT JAMAIS**!
47

THOMPSON... BILL THOMPSON!
C'EST BIEN MOI. LÈVE LES MAINS, POULET, ET FAIS PAS LE MALIN!
DONNE-MOI TON FLINGUE. ON VA BAVARDER ENTRE AMIS.
HÉ! CE JOUJOU FAIT DE VRAIS TROUS!
JE NE LE PORTE QUE DANS LES OCCASIONS SPÉCIALES.
C'EN EST UNE, MAINTENANT. ASSIEDS-TOI. TU ME SEMBLES DE BONNE HUMEUR.
OUAIS. TU M'AS OFFERT LA SOLUTION DU "PROBLÈME" SUR UN PLATEAU D'ARGENT.
TU AS TUÉ LE JUGE PRESCOTT. TU ES L'AMANT DE SA FEMME. VOUS AVEZ CRU QUE PERSONNE NE VOUS DÉCOUVRIRAIT PARCE QUE LE JUGE AVAIT DES ENNEMIS BIEN PLUS ÉVIDENTS QUE VOUS.
T'ES SALEMENT FUTÉ, OEIL DE LYNX MAIS JE NE SUIS PAS AUSSI NAÏF QUE TU LE PENSES.
TU CROYAIS QUE J'AVAIS GOBÉ TON HISTOIRE DE "L'ÉCRIVAIN" DANIEL HAMMER, HEIN? TU PUES LE FLIC À CENT LIEUES!
TU TE TROMPES THOMPSON.
JE NE SUIS PAS UN ÉCRIVAIN... MAIS JE NE SUIS PAS NON PLUS DÉTECTIVE À LA PINKERTON!

THOMPSON ÉTAIT STUPÉFAIT.
MAIS... QUE DIABLE, VEUX-TU DIRE ?
JE ME SUIS PRÉSENTÉ COMME DÉTECTIVE À MADAME PRESCOTT PARCE QUE JE VOULAIS EN SAVOIR PLUS SUR LA MORT DE SON MARI ET SUR LES INTRIGUES DE CETTE VILLE, MAIS ELLE ÉTAIT LA SEULE À ME CONNAÎTRE COMME AGENT DE LA PINKERTON.
LA CHOSE EST AMUSANTE QUAND ON Y SONGE. VOTRE MEURTRE NE M'INTÉRESSAIT AUCUNEMENT. MAIS QUAND TU T'ES PRÉSENTÉ ICI AVEC CE PISTOLET J'AI TOUT COMPRIS.
MURDERS
OH, MERDE !
LE JEU EST TERMINÉ, THOMPSON. QUAND TU AS TUÉ LE JUGE, IL AVAIT SUR LUI DES DOCUMENTS TRÈS COMPROMETTANTS, OÙ SONT-ILS PASSÉS, MAINTENANT ?
CHEZ MOI ! ILS SONT CHEZ MOI ! JE TE LES DONNERAI. JE T'EN PRIE, NE ME TUE PAS... QUI QUE TU SOIS !
JE T'AI DÉJÀ DIT QUE JE NE M'INTÉRESSE PAS DU TOUT À TOI NI À TES SORDIDES HISTOIRES D'ADULTÈRE ET DE CHANTAGE. ALLONS CHERCHER CES PAPIERS.

IL SORT !
QUI C'EST CE TYPE AVEC LUI ?
UN FOUILLE-MERDE DU HERALD. SUIVONS-LES.
DEUX HOMMES NOUS FILENT DEPUIS L'HÔTEL.
QU... QUOI ?
NE T'ÉNERVE PAS. TU VOIS CETTE PETITE PORTE LÀ-BAS ? NOUS ALLONS NOUS ENFILER PAR LÀ ET METTRE LES VOILES EN COURANT.
ET N'ESSAIE PAS DE ME JOUER UN TOUR, L'ARME EST TOUJOURS POINTÉE SUR TOI.
BON DIEU ! CES FILS DE PUTE SE FONT LA BELLE.
ALLEZ, POUSSEZ-VOUS, FACES DE PRUNE !
ITALY

C'EST ICI.
JE NE SUPPORTE PAS LES OPIOMANES... J'AI TOUJOURS PRÉFÉRÉ LA COCA !
OÙ SONT LES BLANCS QUI SONT ENTRÉS TOUT À L'HEURE ?
ILS SE SONT ENFUIS PAR LA PORTE DE DERRIÈRE... ILS COURAIENT COMME DES FOUS.
MALÉDICTION... ALLONS-Y !
OKAY, J'ARRIVE TOUT DE SUITE.
NOUS LES AVONS PERDUS. SHORTY VA VOULOIR NOTRE PEAU !
T'EN FAIS PAS.
L'ÉTRANGER NE PEUT PAS S'ENFUIR, IL A TOUTE LA VILLE À SES TROUSSES !

THOMPSON HABITAIT UN APPARTEMENT DANS LE CENTRE DE LA VILLE.
VOILÀ LES DOCUMENTS. MANIE-LES AVEC PRÉCAUTION L'AMI. C'EST DE LA DYNAMITE !
À PREMIÈRE VUE, ÇA SEMBLE UNE BAGATELLE... CE SONT LES PREUVES D'UNE SPÉCULATION IMMOBILIÈRE DU HOLLANDAIS RÉALISÉE AVEC L'ACCORD TACITE DU CHEF DE LA POLICE, MULLIGAN.
MAIS LE HOLLANDAIS N'ÉTAIT QU'UN PRÊTE-NOM. EN RÉALITÉ LES SOUS APPARTENAIENT À MONSIEUR COLOMBANI ! TU COMPRENDS CE QUE ÇA SIGNIFIE ?
OUI. SHORTY M'EN AVAIT PARLÉ. EN METTANT CES DOCUMENTS ENTRE LES MAINS DU JUGE IL AVAIT RÉUSSI À COINCER SES PIRES ENNEMIS.
MAIS... QUE FAIS-TU ?
HÉLAS POUR LUI, TU T'EN ES MÊLÉ, TOI.
TU ES FOU... FOU !
MAIS TU SAIS COMBIEN VALENT CES PAPIERS ?
CRASH !
RATATATATA !
PLUM

George Washington
BANG BANG BANG
BANG!
AH!
BANG BANG!
IL FAUT QUE JE DÉGUERPISSE AVANT QUE ÇA GROUILLE DE MONDE ... L'ESCALIER DE SECOURS !

CEUX-LÀ C'ÉTAIT DES HOMMES DU HOLLANDAIS... ET CEUX D'AVANT ÉTAIENT DE LA BANDE À SHORTY.
TOUS LES GANGSTERS DE LA VILLE SONT APRÈS MOI. C'EST L'HEURE DES COMPTES.
HALTE ! LES MAINS EN L'AIR !
C'EST BIEN LE TYPE QU'ON CHERCHAIT.
METS-TOI CONTRE CE MUR, JAMBES ÉCARTÉES.
DES FLICS ! MULLIGAN AUSSI EST DE LA PARTIE !
VOYONS UN PEU CE QUE T'AS SUR TOI, BLONDINET.
EH, C'EST VRAIMENT UNE SALE BLESSURE, TU SAIS ? TU DEVRAIS FAIRE UN PEU PLUS ATTENTION QUAND TU T'AMUSES AVEC DES JOUJOUX PAREILS.
REGARDE SAM... NOTRE AMI EST UN GROS BONNET DU **BUREAU D'INVESTIGATIONS**. IL S'APPELLE **DEXTER RAYMOND**.
MAIS IL A AUSSI UNE CARTE SYNDICALE AU NOM DE BEN POWLEWSKY ... UN INSIGNE DE L'AGENCE PINKERTON... QUELQUES CARTES D'IDENTITÉ...

ON A TIRÉ LE GROS LOT AVEC TOI, ÉTRANGER, DOMMAGE QUE TOUS LES BILLETS SOIENT FAUX !
CES DEUX IMBÉCILES SE SONT MIS EN FILE COMME DES QUILLES, IL FAUT QUE J'ESSAIE...
... LÀ !
SMUD
EEEEEEEEEEEE
POLICE
POLICE

POLICE
RAMY
SCRIIC
LÀ-BAS ! IL S'ÉCHAPPE AVEC UNE DE NOS VOITURES !
MALÉDICTION ! TIREZ !
CLAC
BANG
BANG
SCRIIIIIICCCCCC
!?
SHORTY !
!?

LES POURSUIVANTS ME TALONNAIENT COMME DES CHIENS ENRAGÉS.
CE FILS DE PUTE SE DIRIGE VERS LA VILLA DE MONSIEUR COLOMBANI !
ENFOIRÉS ! ILS SONT SUR MOI, MAINTENANT !

L'AFFAIRE EST RÉGLÉE, SHORTY ! JE SUIS TELLEMENT SATISFAIT QUE JE FERMERAI LES YEUX SUR TA PRÉSENCE ICI.
TAIS-TOI, BOUFFON, EN FIN DE COMPTE, CELA ME DÉPLAIT.
NOUS NE SAURONS JAMAIS QUI ÉTAIT VRAIMENT CE TYPE INFERNAL.
JE M'EN SUIS SORTI À TEMPS.
MAINTENANT, CE SERA UN JEU D'ENFANT QUE DE PARVENIR À LA VILLA, GRÂCE AUX INFORMATIONS QUE KAPLAN M'A DONNÉS SUR LES SYSTÈMES DE SÉCURITÉ.

THUD THUD!
CRASH

C'EST TA FAUTE ! C'EST TOI QUI AS FAIT TUER TOUS CES GENS.
TU ES UN MONSTRE ! TON POUVOIR EST BÂTI SUR DU SANG !

C'EST TOI, CHRIS... TU ES REVENU !
OUI, PÈRE... JE SUIS REVENU POUR TE TUER.
BANG
MIGNACCO

LA PAIX RÉGNAIT À NOUVEAU SUR GOOD HARVEST. DÉSORMAIS TOUS ME RESPECTAIENT ET SUIVAIENT MES CONSEILS, PARCE QU'ILS SAVAIENT QUE MOI, CHRIS COLOMBANI J'ÉTAIS REVENU POUR OCCUPER LE POSTE QUI REVIENT À MON NOM.